歌集

窓

神谷佳子

短歌研究社

窓　目次

I

窓

装画　麻田　浩
「窓・四方」
油彩　一九九四年

I

公孫樹

臼据《うす》ゑしごとく根を張り千年の公孫樹《いちやう》の立てり気根いくすぢ

ちちふさの豊かさみせて気根垂る公孫樹の諸枝《もろえ》ふとき芽を吹く

千年のまにま宿りし木の繁り太幹かこみ枝張る公孫樹

おほいなる榧の直立不動なり祖父の磨きし碁盤の厚さ

見霽かす大和三山書割のごとくに置かる翔ぶ鳥を見ず

刻《とき》くぎり田に水落とす板書見つ高天《たかま》の村に米飯《いひ》賞でしのち

葛城の橅林縫ふ伏し水を高天彦《たかまひこ》神社に掬ふ　神神も飲む

雖悪事《まがごと》　雖善事《よごと》　一言《いちごん》ならば叶へむときキて時かけ一言しぼる

一言主神社

パースペクティブに　――宮崎――

香川ヒサ氏若山牧水賞受賞式に

雲海は白きささ波ひつしりと翼下に満ちて機影をおくる

友祝ぐと日向《ひうが》　日向《ひむ》か　日向《ひなた》ぼこ　海越えてきし日の国真青《まさを》

椰子の樹の高き直ぐ立ちつづく道果《は》たては天に吸はるるごとし

雲の影またくおかざる天高し天ゆ吊らるる檳榔樹《びんらうじゆ》の梢

神降《くだ》る高千穂　日向《ひうが》うちよせる灘《なだ》の波形もパースペクティブに

ナベヅルの波だつやうにおほひたる利休鼠に出水《いづみ》市くもる

出水市　六首

暗ぐらと眼かひ埋むる鶴のいろ　鳥害をひそと村人のいふ

北指せる鶴の助走にためらはず羽搏きつづく空しまく音

嘴《はし》伸ばし爪先伸ばし一本の鋼《はがね》貫く鶴の飛行は

暗黙の約束といふを思ひをり先がけの鶴しんがりの鶴

針のやうに揉みて緑のしまりたる弥生の新茶鶴の邑《むら》より

ラスト・ドア

老杉は花粉によろひ鉄漿《かね》いろの花房垂らす一吹きあらばと

まじまじとわれと息子をみつめつつあなたの息子さんねと女の孫のいふ

自が心まさぐるやうにとつとつとバイオリンを弾く頬傾けて

国いくつ経し三百年やいたはりてバイオリンしまふ夫と女子《をみなご》

最後の扉《ラスト・ドア》と名づけし出口ありしこと出でて還れぬ人ありしこと

アフリカゴレ島

大洋を方形にきるラスト・ドア奴隷船ならぬタンカーの過ぐ

山なみのなべて沈める水無月の闇にほとびて消えがての月

ひよどりのテラスより内を覗きみる二羽と二人の向き合ふしばし

さいなら

春落葉いさぎよかりし大樟の初《うひ》葉かさねていち木《ぼく》の艶

九十二歳声低き人のゆつくりと二声三声に歌会しまりぬ

蟬のこゑ今朝は揃ひて心地よしトマトの皮をひと息にはぐ

死に近き叔母に会ひたり拒食して死を待つと十日目小さく仰臥す

白足袋に背筋の美《は》しき九十六歳一滴も飲まず目を閉ぢてをり

安らかに死を肯はむ時に会ふと叔母は呟く　枇杷の花匂ふ

目の合ひてふと外らししはわれならむたぢろがず叔母はわれを見詰めぬ

さいならと声に別れて六日目に葬りに坐せばまた会ふやうな

二〇〇八年八月　――六十三年経つ――

炎帝のゆるまず蟬のさかんなる忌の月六日　九日　十五日

「田中」にあらず「金玉齢」と立ちて名乗りし友敗戦の日に

台湾　二首

日本語にて共に学べば忘れゐき母国語許されぬ友の屈辱

ブーヘンバルトに大量虐殺《ホロコースト》の跡訪ひき跡なれば磨かれてガス室は

ユダヤ人収容所

七十年住めぬといひしを　荊冠の原爆ドームは美《は》しきオブジェに

広島

絶ゆるなき嘆きのいろも火のいろも扱き混ぜてこの星の青さ

流木のやうに

ひたすらに歩き登りて着きたりしのちのさびしさ　風花を呼ぶ

手首なき肘《ひぢ》向き向きに断面の勢ひ放つ千手観音

晒されて木《ぼく》にもどれる木精《もくしやう》の面にまなじりややにゆるめり

働きのもなかに断たれしや四十二の肘指す彼方穏やかならず

破損仏と書きてひとすぢ額裂くる一体おかる流木のやうに

みづからの暈《かさ》に眩める望月のこごりてひとつ空に嵌めらる
淡青の朝空にとけ月輪の雲ひとひらとなりてゆくまで

髪

日だまりに髪刈りをればセーターに煙のごとく夫の白髪

壮年の　少年の二人刈りし日の鋏すべりき髪こはかりき

生れしより白き髪やと問ひし孫いつしか老の扱ひをする

はだらなる白かぶり初むる子の髪に並ぶ白髪　否応もなく

きさらぎの川原《かはら》すすきのほうほうとただ立つのみに色甘くなる

枯草に亀の甲羅のひそとあり甲羅の固さ亀のひと生は
こぼしたるひと世の言葉甲羅とも石ともならず霧散の幸あり

百合

高速路の路肩《ろかた》になびく白百合の点てんとして高砂百合といふ

高砂は台湾の異称　高砂山・高砂族・高砂百合と

台湾は日本統治領であった

高砂山の高砂族の若者あまた「天皇陛下万歳」と戦死す

先住民族

高砂山麓《ふもと》に咲きて花筒のきりりとありし　今車塵浴ぶ

「鉄砲」は花の名になほいきいきと鉄砲百合の三本を買ふ

嵯峨野

大堰《おほゐ》川堰《せき》のみなぎり嵐山の朱夏の楓の青映しこむ

竹群の梢はたてがみ驟雨きて宙をはしれり野々宮守《も》ると

愛宕山火伏せの神をしづめむと清滝の瀬の岩噛む白さ

近ぢかと山迫りきて天辺の松の木数ふ雨過ぎてのち

昨夜《よべ》の月とほせる窓に幼子の手型ひたりと咲きたるやうな

書架

マチュピチュの石組みに似し君の書架と見上ぐればどうだと背文字が光る

ひとつこと了へ幾冊を差し替ふる君の手確か脚立《きやたつ》の上にて

かの本はと問へば忽ちとり出だし前に積みたりここと指差す

わが読みて閉づを見て直ぐマチュピチュの石組みに戻す君の素早く

話しつついつしか史《ふみ》さんかの子さん節子さんと呼びゐつよき死を死にし

齋藤史・岡本かの子・石川節子

跳べるでせうと言はれ跳びますと飛び石の五つを跳べり　跳んで驚く

鴨川　二首

飛石のあひに流れのくろずみて浅くはないなと見て足は跳ぶ

枝垂桜

削りつむ氷《ひ》の襲《かさね》とも梢みつる大枝垂桜《おほしだれ》のした誰も消えたり

にびいろの雲を流して花かかげはた地に及ぶ全き桜

差し交はす梢の細枝の花を載せ光を載せてくろずみ張れり

天蓋の花と籠ればひんやりと花の香りは沈みきて添ふ

音出づるを楽しむ器《うつは》といつよりいふチェンバロ　ピアノ五百年の音

名残り

月をおく雲の細波《さざなみ》こくうすくあやすごとくに夜空うごかす

発光ダイオードまたたく夜すがら沈みがてにぶはりとわたる月の大きさ

ひとすみのすつと昏みてカサブランカ一輪の散《さん》つづけて三輪

いろのなき梅のひと枝零度なる今朝香にたちて臘梅の花

又兵衛《またべゑ》桜《ざくら》またべゑざくらと名残りいふ母音にふくらむ三百年の樹齢《とき》

駆け登り花は散らさず坐しし猫同じ枝にて葉洩れ日を浴ぶ

朝霧に濡れて摘まれし楤《たら》の芽の籠に翳れるまどろみの艶

八重桜ぼたつぼたつと咲きたわむドイツの便り　五月のアンニュイ

火箸風鈴

橋懸りに立ちすくむやうな五月尽天下の嶮は水無月文月

炎帝に召し出されたる百合の花高砂百合のふるふると立つ

プールより身を抜きたればたちまちに四肢の重さよこれにて生きる

薬師如来の胸板かくも厚かりし木目《きめ》の紋様はつかふくらむ

秋篠寺

さあ来《こ》よとひらく如来の手《て》の平《ひら》に生命線のまつすぐ太し

月面の「永久影《えいきうかげ》」と名づけたる氷溶かして人棲む計画

蠢《うごめ》けるもの全《また》くなき月面の荒寥を愛す　今宵織月

明珍《みやうちん》の火箸風鈴　鉄《くろがね》のひびき凜《すず》しく蟬声をすぶ

ひたすらに鉄打つ明珍　火の飛沫《しぶき》収《をさ》めし火箸四本の吐息

ざしきわらし

新幹線「はやて」と名告《なの》りひた走るわがイーハトーヴへといはざるまでも
すんすんといまだ撓はぬ稲の穂の緑《あを》の明るさ奥羽平野は

降り立てば先づ木の繁り水匂ふ風の寄り来て盛岡といふ

抑揚のゆるやかな語尾口ごもり応ふる言葉急《せ》かず慌てず

北上川《きたかみ》をまなかに中津《なかつ》雫石川《しづくいし》蛇行ゆるしてまちの豊けし

面上ぐる視野にゆつたり裾をひく岩手山なり啄木の山

「ふるさとの山ありがたき」ともかくもここへと両手広げて山は

岩手山《やま》を据ゑ木は生ひ繁り北上の流れ豊けく人棲むところ

啄木と節子の蜜月三週間文机一つ四畳半の間に

中津川上《かみ》の橋なる歌碑に彫る民子の文字の細流《せせらぎ》を聴く

きららかについばむ鳥の去りしあと長くかかりて水はしづまる　大西民子

待つ人のなき駅ホーム朝光《あさかげ》に長く伸びたりただ明るくて

遠野

フェンス越えけだるく這へる昼顔のうすきくれなゐ単線の駅

昔昔あつたずもなと語りそむ地ビール「ズモナ」日向の匂ひす

「ざしきわらし」は吐息のやうに語らるる唇《くち》みてあれば身の緩くなる

糸を吐く蚕のやうな語り部の一語一語にまきとられゆく

岩戸落葉神社

足もとより炙《あぶ》らるるがに立ちつくす銀杏降り敷く落葉神社に

落葉神社まつたうの名に潔くこがね敷きたる銀杏老木

見あぐれば秀枝に名残りの光撒く箔いく枚の散らざるままに

道風神社は杉林のなか小暗きに積翠《しやくすい》池に蛙のおかる

宮水は和香水とぞ道風の筆しめらせて麗筆生みしと

切り岸に見下ろす楓清滝の水照りは朱のプリズムとなる

黄葉踏む足うら地表に凹凸の根は網のごとく神苑を這ふ

紙魚

わが胸に父事切れし瞬間の重さ忘れず　何抱くとも

歩幅ややせまくなりたる夫ならむ駅迄の道あとにつきゆく

息子《こ》と泳ぎ千二百米競ひしと胸はるもデッキチェアに忽ち眠る

目を刺せばちつとうなぎは鳴くといふ辛《つら》うてつらうてと店主の妻は

蒲焼店

白雲の腹のあたりに痣のごと色の沈めり霰こぼれ来

根方まで日の差しこみてじつくりと冬を味はふ疎林の明るさ

とりよせし『らいてう自伝』黄ばみたる頁に紙魚《しみ》の鱗粉光る

白梅のしろ

デンドロビユームぽろりとひとつぽろぽろとつづきて色なきひと鉢となる

白梅忌きさらぎ父を訪はざりき墓辺の梅を思ひつつ弥生

山椿乙女椿と濃緑の葉におくいろを数へつつゆく

急峻に雪つむ比良の峰重ね迫りはた退く雨霧のまま

霧をまき霧を払へる風のなか比良の暮雪の角錐研がる

椿一輪

ゆき会ひて語らひ長き老《おい》二人男女の匂はず簡潔の影

積まれたる大根の山すいと抜く一本たちまち日を吸う白に

滝壺に椿一輪打たれをり滾《たぎ》つ水面に紅のたたかふ

病む人は病む苦しさを告ぐるなく筆文字やはくわれを問ひくる

秘められし記録といひて八月のくれば新たな戦史語らる

語らずば死ねぬと思ふ齢のきて語るならむやなめらかならず

危ふかる記憶といひつつ声をのむはたと見えしやこれぞ事実と

七月七日母の忌日に蟬の声つまづきつまづきためし鳴きする

憤る

島なれば　北の南の果てなれば無惨は見えず「玉砕」に酔ふ

アッツ島玉砕

玉砕は全滅　散華は餓死戦死　開戦敗戦を告げし声を玉音といふ

ふつふつと憤る思ひ今新し　言はざりし見せざりし戦史いかほどならむ

「密約」の蜜《みつ》不純なりて百年もたず　壕に子の目の閉ぢざる残像

沖縄戦

軍港に人間魚雷毒ガス島　てらりと平《たひ》らに瀬戸内の凪

旅二首

ゆつたりと伸ぶる屋島をわたる月　今年八月の濁りたる朱

地の平

黄葉《もみ》だふを待たず伐られしプラタナスこぶしむくむく一年を怒る

ひつそりと道よぎる猫今日は見ず白じらとして氷《ひ》の大気這ふ

幾十万の牛抱きとりし大地なれ春さらば芽吹かむ花を咲かさむ

宮崎県　口蹄疫

地の平《たひら》おろそかならず死せるものなべてをさめてなにごともなし

二〇一一年三月十一日

京の西、熱にまどろむ部屋ゆらし地震《なゐ》は画面に津波となれり

詠めぬと思ふ詠むべくあらず船　家並薙《な》ぎ　陸《くが》侵す水黒ぐろと

十年の百年のかたち忽ちに消され一瞬よぎる既視感《デジャヴ》の景

去年訪ひし盛岡遠野にたぐり寄す釜石気仙沼　啄木のうた

攫はれし高田松原千本に直《す》ぐなる一本踏張るとも見えず

数万本の松消えし浜に一本がひよろりと傾がず立つ「神」ならむ

あしうらの砂すこしづつ削がれゆく水漬《みづ》く思ひに三月四月

紺青の海に白じろ原発の建屋並ぶを見馴れし景に

臓腑垂るる腹さらすさま原発の建屋映さる海風受くを

おとろふを先づ足腰に知らしめて近づく時を忘るなといふ

鯉のぼり

朝に上げ夕べに下ろす鯉のぼり住む人見ずも子の育つらし

矢車のきらきらまはりふくらめる三尾の鯉の尾鰭そろへり

獅子頭ふる勢ひに楠大樹新葉の梢天にそよがす

オープンマインド胸開きいふ一場面その胸板の厚かりしこと

八月の父母

八月の父母若かりきたぐりつつ三十五歳と気づく愚かさ

昭和二十一年八月 四首

国難《こくなん》は父母らが負ひき声上げず外洋の波越えて帰国す

台湾より引揚げ

敗けたれば国に助けを乞ふならず子二人守《も》りて父母半世紀

一瞬に一切を失ひし人ら言葉なく佇ちつくす後姿《うしろで》は父母

東日本大震災

父母の齢越えて在ることあつかまし病めば安らぐ思ひの兆す

夏草の名残りの茂みこつ然と火花噴き出づ彼岸花ひとつら

脱北の小舟ながなが曳きてゆく巡視船映る勇ましからず

深谷

三百年の旅宿といへる深谷《ふかたに》の湯はアールグレイの琥珀に澄めり

八代目の宿、九代目の 糀家《かうじや》といふ主はジーンズの膝折りて坐す

さり気なく家と糀《かうじ》を語りつつ十代目はこの子とかたへの幼

かの男《ひと》が父　かの女《ひと》が母なりしこと仄ぼのしけれ今にして思ふ

一粒一粒のかげ

秋の葉にならざるままに伐られたるすずかけ冬枝新葉そよぐ

するすると手操られてゆく心地よさ先頭車輛に景と真向かふ

まとまらぬ思ひに遊ぶ車窓より鉄路のときになまめき光る

葦沙雄造《ゐさいうざう》さん下村明子《しもむらはるこ》さん畏友逝く志ずしりと置きて霜月師走

平塚明子《はるこ》の「はる子」です　父名付けしと下村明子《はるこ》さんのこゑ

明子さん逝く

天に　地に還るといひて形あるものの消えたり虚空のおもし

ころころと黄蘗《きはだ》のいろの柚子いくつ卓に一粒一粒のかげ

往路

偶数に群れて偶数に別れゆく鴨の動きをみてゐて飽かず

山姥《やまんば》の駆けてなびける髪のごとしだれ柳の冬の枝《え》ゆるる

新春を祝ぐと集ふも先づ祖父のバイオリン抱《かか》へ少女はこもる

「魔笛」のパート漸くまろき音となりて少女の出でく年あらたまる

ひたひたと西の大路を蹴りてくるランナーの列いまだ乱れず

京都駅伝　三首

あかみさす大腿筋のふるふると宙にさしこむ歩幅大きく

往路なるいきほひ風を捲きて過ぐ八十歳の旗ふる前を

紫木蓮　――二月二十二日　米田京子様逝去――

紫木蓮咲くを待ちゐし君ならむ待ちつつ天に花を迎へむ

挽歌二首

夫しのぶよすがと詠まれし紫木蓮　あひたづさへて今年の花は

あれから一年

「一本松」つひに枯れしと　遺したる種ゆ芽生えし緑を映す

継ぐことの繋《つな》ぎゆくことの嬉しさよ松の早苗の針葉重ぬ

ぬきんづる首泳がせて大駝鳥はたりはたりと町道を歩く

―福島―

地《つち》ならぬ車道を歩く黒牛の長く垂れし尾とがるゐさらひ

地が動き段差となるも雑草の高低に伸びいつしか揃ふ

雨を受け雪を積みして地の段差裂け目宥めるやうに草生ふ

項《うな》立ててひしめき咲ける木蓮の生絹《すずし》のいろのさわがしからず

今はよいが先はどうすると強き声す車窓をゆつくり飛行機よぎる

再《また》の春を波の間に間にカナダ沖まで漁船は波切る形に浮かぶ

東日本大震災の津波にて

漁船なれば漁《すなど》る人を眠らせて一年の海　日本はさくら

黒

晩年はいつとはしらずおとづれて金環食にめぐりあひたり

漆黒の月も知りたり日食の薄闇のなか黒光《て》りまさる

角《かく》ならず日輪月輪まろまろと重なり合ひて互ひの力

裏箔《うらはく》となる日輪に球形の黒艶《つや》ませり金環の締む

金環に重ねし暗き全円の闇のやみなる底光《て》りあつし

裏箔の金に重なる月読みの黒深ぶかと宙呑むごとし

日も月も重なりて見す全円の欠くることなき完璧のさま

日を月を仰ぐことなく急ぐ道金環食を見上げ立つ今朝は

月読みを頼りに 密林《ジャングル》 歩きしと敗残の日を言ふその人も亡し

笹の滴

筍《のこ》とらぬ竹林の闇直立の根元ぐるりと射干《しやが》の白花

さよならと打ちたる膝の温かさドア閉まるとき掌によみがへる

七夕の笹の滴を飲みあへず目を閉ぢし母　星河のおぼろ

母七夕忌二首

ひと匙の水唇《くち》の端に零れたりたらりと光る水の重さに

声

屋根の上男二人のかはす声指示する言葉鋭《と》く簡潔に

「親分」と応へる声に思はずも手を止め見上ぐ若きが動く

少年飛行兵　——一九四五年八月十五日——

六十七年前のこの日銃声のとぎれとぎれに兵の自尽す

愛国の意志果せずと号泣す　飛機なき少年飛行兵は

飛行機は尽きて

紺青に箔散らし照る望月は移ろふ「時」の静寂を締む

そののちの惨は思はず窓を戸を思ひきり開き灯《あかり》をこぼす

敗戦の日とわれはいふ　ふくらめる六十七年の凋《しぼ》み始めて

上山市金瓶　──茂吉生地──

車窓掃くやうにはや咲く茅《かや》の花北指す鉄路をやはらげ吹かる

地上駆くる新幹線にて時たまに奥羽本線の普通車と並ぶ

上《かみ》ノ山《やま》温泉駅　茂吉記念館前駅本に読みゐて親しき駅の名

北国も三十六度と容赦なく天帝気負ふ蔵王かげろふ

鳥海山《ちやうかいさん》に歌人鳥海《とりのうみ》さん月山《ぐわつさん》に小説「月山《ぐわつさん》」近ぢかとして八月二十日

沈黙の大人《うし》いまさずも百房のキャンベルス垂る今日の日ざかり

三十六度日はしんと張り宝泉寺にみんみん蝉のソロとぎれなく

あぶら石くらくく艶もつ「茂吉之墓」供華まだ萎えずアララギの緑

カーテンをひきて静まる生家なり緑に晩夏の日の親しげに

山形の男は寡黙美男にて今年の桜桃よき実りをいふ

熟したるトマトのやうな月読みの半月おもく蔵王天辺

茂吉先生坐しし岸辺と案内さる草たけて低き最上川ゆく

わたりの蝶わたりの鳥はと晩夏《おそなつ》の蔵王の山に会へば先づいふ

はるばると来てはるばると去る蝶を発《た》ちて還るとたふとびて待つ

渡りの前ヨツバヒヨドリ草の蜜のみにアサギマダラの浅葱の羽震ふ

ナナカマドの深紅のみにきはだてる翡翠の沼晩秋の沈鬱

火口壁の翳りはた照り五色沼を抱きて雄雄しき岩の鉄いろ

「ごしやる茂吉」と語りし彼の人の抑揚まざまざと雪の便りに

II

光暈

ひろげゐし地図ばさばさとたたみつつ太平洋が見たいねと夫独り言《ご》つ

「椰子の実」のかの岬へと平凡なる　はや潮風に吹かるる顔に

暁闇にひとすぢはしり空と海裂けば　光暈《くわううん》の茫と湧き出づ

光暈の全円となる一瞬に朱の奔れりわが渚《なぎさ》まで

潮騒

伊勢湾の波緑青にうねりをり船尾を水脈の白く噛みつつ

島あれば海辺に低く人の棲むかの島二百こは百五十

竹幹のうすらに白き竹林の大きくうねり海風とほす

柚子が生《な》り枯露柿《ころがき》つるす日だまりに胎音のごとき遠き潮騒

日出《ひい》の門今朝は外《そ》れたる光暈《くわううん》の全円となれば瞬時に海統ぶ

幾葉の金の小皿の帯となりわが渚までたちまち届く

伊良湖岬の恋路ケ浜の道行きは翁媼の腕を組みつつ

あとを追ふ潮幾重にもたたみたる底ごもる音礁《いくり》を打てり

攫ひたる命無限に醸しつつ寄りて還りて海は声あぐ

潮騒の此方に湧けば彼方よりさとすごとくに海響《な》りやまぬ

朝まずめ伊良湖の空に羽ひろげ脚そろへたるサシバのかたち

にらいかない

「月の渚」と名付けし旅宿に見上げたる今宵の月の滲むやうなる

海境ゆ波いく重にもたたみたる海の音きくにらいかないの

さらはれし生きとし生けるくさぐさのにらいかないゆ海底のこゑ

流木に坐して潮騒ききてをり寄りくる音に退きゆく音に

大判焼　――ある日――

墨壺より今ぬけ出しし濡れ羽いろたぢろがずみつめく若鴉二羽

千米泳ぎて夫は大判焼の焼き上がりしを十《とを》抱き帰る

さくら

中天ゆ地を指す枝の穂先までゆるみなく満つ枝垂桜《しだれざくら》は

本満寺枝垂桜 二首

噴き出づる花のしぶきの今静か一花《いつくわ》一花《いつくわ》の位置定まりて

百米さきの枝垂《しだれ》桜をみよといふ追ひ越せる人また戻りきて

京都御苑 四首

いまほどきそめしと彩の初うひし地を擦る花の手触るればはづむ

蛤御門入れば大気のはんなりとふふむ桜の香りうながす

山椿《つばき》背に祠の二つ檜皮《ひはだ》なる屋根赤あかと落椿つむ

山こぶし山さくらばな山つつじ山然《さ》ぶるいろつつまし強し

たかんな

掘りあげし筍《たかんな》の尻辺白じろと鍬あとしるく水滴を噴く

はぎてゆくひと皮ごとに水はじき艶もつ肌へ乙訓《おとくに》の筍《のこ》

手入れよきたかむらの土ひととせの竹の朽葉に足もと吸はる

天王山の伏流水に乙訓の土ふくらみて筍《のこ》をふとらす

竹黄葉《たけもみぢ》しきふる林今年竹《ことしだけ》の節ひき上げていよよ緑《あを》冴ゆ

まじはらぬ影いくすぢに竹叢《たかむら》の秋の明るさ土うがつ音

ひと鍬に土の手応へ筍傾《のこ》ぐ気配にぐいと親よりはなす

ふぞろひの尻へ白じろ露噴くをたちまち笹の幾重にまかる

すんすんと節ひきあぐる緑いろ直ぐなる緑にたかむら動く

赤き傘

天から地へひた落つるなる水の音槻の木十本櫛風沐雨《しっぷうもくう》

ひとふるひしたるたてがみ槻の木の雨後天空に枝を展ぐる

雨しづく散らしてくるくる赤き傘少女はゆつくりふみ切りわたる

ポケットラジオききつつ田草とるといふケータイのノイズは水面たつ風

赤いトマト青い胡瓜もろこしのひげのそよぎもスマホにて知らす

じぶじぶとＦＡＸの音蟬声の間《あひ》にききとるわが耳はまだ

切羽つまれる窮地如実によみがへる会津におとらぬ敗《ま》けいくさの日日

夾竹桃の　百日紅の宙を掃く八月の赤　日の丸ならず

合歓の樹

選びたる学舎みせむと坂の道としふる樹々のゆつさり茂る

合歓《ねむ》の樹の下で待つててと女孫いふ坂の上《へ》の合歓あさきくれなゐ

ほほほほと笑ひはせぬがねむの花繖房花序《さんばうくわじょ》の頭《づ》をするばかり

いざなはれ包まれてゆく気配なる濾過せる時を湛へる学舎

校庭のかたすみをしめたつぷりと泰山木の冠る白花

花すぎし藤のかづらのみやくみやくと無骨の力樹を棚《たな》をまく

半眼にふくフルートの少女顕つねむの柔毛のねむりはじめて

こゑ

しおりあかりなつみと声に詩織灯理菜摘と書けば子子しきこゑ満つ

己《し》がこゑにたぐらるるやうに歌ふこゑ直《ただ》いづるこゑ女子《をみなご》のこゑ

喃語ともあが耳包むうたごゑのをはれば「なつみ」と消えがてにいふ

ポテトスープ作ると皮むく孫三人《みたり》はべらす友のいかに潤ふ

おばあちゃんといはれてこたへ柔らかに諭せる友も受話器はひろふ

三人なる女子《をみなご》こもごも話すこゑ聞こゆる受話器をしばらく置かず

椎の実

老残を知らず死したる父母のかほ年経つるほどに美《は》しく切なし

差別せず肌色出自を見ず問はず交はる自然《じねん》の父母を誇りき

椎の実の落つる墓原衣笠の山さはさはと秋の葉鳴らす

ゆるき坂に喘ぐ老女のわれを知らぬ父母の墓石《いし》撫で竹箒もつ

戦中戦後父母在りてこその今なるとはるかに生きて生れ月おもし

アイプ湖《ゼー》の瑠璃に魅入られ立ちつくししかの日の三人黙契の時

ツークシュピッツェ天辺に立ち母の齢越えしよ山は母の志

初冬

富山行サンダーバード三号は〇番《ゼロ》ホーム階段下にて待てと告ぐ

ハンチング　マフラー　コート　靴の色リュックは背負はずトランクひく夫

わが馴染む○番ホームを珍らかに留守居びと夫の久びさの旅

錦繍のややに褪せたる山の彩古代裂《こだいぎれ》綴る比良の山脈

車窓

ふるさとは氷見《ひみ》とふ友の懐かしむを思ひ出しつつ氷見駅に立つ

氷見の氷雨《ひさめ》のささやくやうな傘のおと眼あぐれば海に虹たつ

先端は雲とおぼろに片脚はふとく海より虹のいろみす

砕氷のきらめく上に寒ぶりの青銀《あをがね》一尾どうとおかるる

鰤《ぶり》おこし昨夜《よべ》のかみなり話しつつ二万円なるきときとの鰤

アフリイカ　紅ズワイガニ　岩ガキ　ヒラメ　無造作なるも誇らかに並《な》む

寒鰤の青銀《あをがね》に照り藍青の目に生彩のまだおとろへず

屏障の白き立山連峰《たてやま》はるかにも降臨のごとく宙にとどまる

氷見の海今朝はさざ波水銀《みづかね》にせり上がりせり上がり寄する水底の力

ひそやかにかはりゆくもの一掃けの虹の消えたり単線の窓

天空平　――五箇山平村――

袴腰山《はかまごし》の腰厚くしてトンネルは九キロの洞《ほら》駆くるはわが一台

ほつかりと馬蹄型なる出口見え竹林の緑《あを》みづみづと招く

倶利伽羅峠合戦の落武者らはるばるときて平村《たひら》とぞ

庄川の橋下深くうづくまる合掌造り切妻の屋根

煙硝土にて火薬を造り戦国の世をしのぎたる平村の智慧

「天空平《てんくうだひら》」闊達に書く標《しるべ》見つ一瞬に過ぐも旅に忘れず

方形の窓

ああもうこれは立派なカンサーと医師のいふ嘆声の素直にあもまた「ほんたうに」

ゆつくりとクレーンアームを巡らして物積む見つつ決断のつく

闇のなかわれを看とれる夫の顔白くけぶれるやうに眠れり

入院と決まれば夫はつきそふと共に旅するごとく荷造る

肺切除の痛みに喘ぎし幾日《いくか》にも夫ゐき昭和三十年結研の桜

六十年前の甦《かへ》れり片方なる簡易ベッドをととのふる夫

寝返りも打たず眠れる白髪のそこのみ闇をほの白くする

点滴は秒刻みとふ方形の窓をゆつくりと雲のいくたび

夫のゐて息子《こ》の妻の来て医師の問ひ看護師の声　癒えねばならぬ

歳月はそろはぬ針目及ばざりし折をりのこと闇にひきよす

サンルームにひとりづつ坐す老人ら病めば忽ちおとろふみせて

二月《にんぐわつ》の朝をまとひて動くたび部屋新しくする娘《こ》となりしひと待つ

悼 稲積由里氏

痒きこと地獄の責め苦といく度も友詠みて耐ふ耐へぬきて果つ

わが詠みし氷見《ひみ》なつかしみ必ずや故郷氷見へ還らむといふ

車いす　透析おそれず東西《ひがしにし》旅せし友の今日終《つひ》の道

女医としてひと生尽《よ》くせりその後の病み長かりしも詠みつづけたり

自らの不覚を刻むと歌集遺《のこ》せり『棒樫のほに』『ひとあしまたひとあし』

木鐸の音

昼暗き竹林の隙《ひま》とととと木鐸《ぼくたく》の音　天龍寺の打つ

ひたひたと足裏水漬《みづ》きてゆく気配　集団的自衛権の「的」とは何

じんじんと蟬鳴きのぼり七月尽声にたぐられ去来のいくつ

わろきものほろびざる結末現世の歴史は絶えで今朝のニュースに

生きがたきにたは易く詩の書けること恥づかしといひし尹東柱《ユントンジュ》忘れず

近江富士

九十余歳すいと背すぢの幾人のことさらならず好日大会の席

ふとつまむ神のみ手さへ見ゆるやう近江富士なるやはき稜線

かの時の思ひはつよくたちかへり歌評受けをり　癒えたればいざ

かぎりなくひろがる青にひとはけの雲あらはれて青のきはまる

一センチ五ミリの幅にきりてほしパン屋の少女に夫のこひたり

幅五ミリ足せる微妙なパンの味ききつつ槻の並木路歩く

花の寺の晩秋　――勝持寺――

もりあがりもりあがりして花八つ手毬と咲きたり葉の掌に余る

丈たかき八つ手の小花ふつふつとつぶやけるマス手触れて立てば

朱極むる西行桜陽に透けて昨日《きそ》の茶席の末広の菓子

冴野の沼くらぐらとして岸辺なる楓紅葉の彩冴えまさる

妙薬を処方すとまさに右手の指動かむとする薬師如来の

勝持寺本尊

雪

在るがまま乾く花まり掲げ立つ冬の紫陽花冬の明るさ

雪中《せつちゆう》行軍《かうぐん》などと声上げ入りくる雪珍らしと年賀の子らは

八階は天よりの途次白き幕おろす勢ひに隙なく雪は

半世紀ぶりの京都の雪といふ暮らしにさはらぬ二十センチの嵩

風

愛宕山《あたごやま》天辺の雪を散らす風八階ゆみつつ地踏まぬ三日

南東《イナサ》の風にて育ち西風《ナライ》に実りしと浜風豊けき宮城米告ぐ

砂漠となりし稲田除染し再びを西風《ナライ》に実る新米をみす

笑みこぼす白き歯ほどの波がしら一月十四日琵琶湖の風は

波照間

波照間はてるうま　はてるしま　南《みんなみ》の果てなる島与那国島のこと

ハテルマブルーの海とたたへしを　陸自配備の決まると告げく

二〇一五年二月二十三日

波照間の波に上下し何の船黒く凝れり照るにまぎれず

「戦前派となるな夢にも」史《ふみ》の詠む　わが五感既に穏しからず

口開けてもの食ひ競ふいく場面平和の懈怠《けたい》ここに極まる

静かにくぐむ

あひまみえ五度目なる桜蕾《はな》ぬき空に今年の秀枝をかはす

天より枝垂れ地にとどく枝はつか反《そ》り途次なる勢ひにつぼみふくらむ

五分咲きの清らに白し天蓋《てんがい》を透く昼の空果てなく青し

大磯はさくらあめなり妹を訪《と》ふ道の辺に藤村の墓

潮騒の遠響《な》る「ホーム」妹の終《つひ》の棲《す》み処《ど》と決めしを訪ぬ

戦跡をたどりて詠みし畏友ありペリリュー島もインパールも

ペリリュー島の海に向き立つ老い二人静かにくぐむ「七十年」に

藪椿ほたりと落ちぬ鯉一尾水底より浮きく彩滲ませて

長靴

磨かれし栗毛《くりげ》色のブーツが前をゆく　憲兵少尉は長靴《ちやうくわ》といひき

剣《けん》の音長靴響《な》らすを勇ましと頼みし日のありわが十代は

題は「遊び」

動かざる沼のおもてにうつりこむ一葉ひと葉の朱こまごまと

落椿の一つひとつを確かめて糸とほす女子《をみなご》ひとりの遊び

「遊ぶ」は自在とらはれぬことと老師いはる遊戯人《ホモルーデンス》でありたし老いて

神の谷に遊べと老師の子にたまひし「遊」の名呼びてわが越えしこと

かの子の闇阿修羅のごとき一生なるも虫の好くままひとり遊びや

八十五年わが折節のくさぐさを一生の遊びと言ひ得ず未だし

六月の事　夫入院

大文字　鳥居形《がた》望む北の窓広らかにして光の和《なご》し

肋《ろく》あらはわがガンジーの君臥すを若きら絶えず来医師なる役に

チェロ組曲日がなききつつ自が愛器孫にゆづらむと夫のつぶやく

稀覯《きこう》本寄贈本など仕分けつつ文字にまもられきしわれらと思ふ

縄　——長刀鉾——

「縄がらみ」に組み立つる鉾の縄さばき幾重にも締む男力《をぢから》のかたち

大地より刈りて綯《な》ひたる藁縄の遊びにまかすとふ鉾の雅《みや》びは

二十米の真木《しんぎ》立つると鉾の体《たい》傾がせて地に鋭角の美し

台風の先触れの雨もなきごとく鉾は進めり祇園祭ぞ

真木立て長刀《なぎなた》秀先《ほさき》に天を突きぎしりぎしりと長刀鉾は

祭囃子《まつりばやし》ひびききたれば手につかずと錦小路に商ふ友は

東　北　西は連峰炎帝のほしいままなる七月の京都

台風の先ぶれの雨ものかはと裃《かみしも》そろひ鉾すすむ大路

鉾の縁《へり》ずらりと尻のせ笛を吹く男の横顔囃子狂はず

はんなりと話逸《そ》らせり肝腎《かんじん》はわかつてまつしやろ　言はざる妙味

彼岸此岸闇ひとしなみ送り火の火床《ひどこ》ゆ爆《は》ぜて朱はしりゆく

衣笠山　帷子《かたびら》の辻死者被ふ衣を地名に馴染みてくらす

ドイツにて励みし日々は句読点共なる終止符を西ノ京とせむ

「大」の文字

年々に怒り深くし八月の忌日を迎ふ　原爆は大罪

かくゆるし歴史はまたもくり返さむわらふがごとし炎帝の照り

火床《ひどこ》より爆《は》ぜてつづれる「大」の文字雨後の靄へる闇にうるめる

病む夫と高校野球見てをりぬ駈けて駈けて疲れざりし夫

ユトレヒト運河のほとりドナウ河岸辺歩みし脚　細るばかりに

深ぶかと眠る睫毛の白きことわれの知らざるいづこに遊ぶ

八月の峠

三十七度の熱にふくらむ舗装路を舟漕ぐごとく足運びゐつ

足もとより炙らるるごときに立ちつくす緑けぶらふ彼方の欅

夫在りてこそのひと生《よ》と告げたきよさあ越えてみむ八月《はつき》の峠

ふかぶかとただに眠れるひとの息醒むる醒めざる推る愚かさ

胸水はレモンイエロー　ペットボトル二本の量が金にかがやく

いづこより湧きて肋《ろく》締む透明の水責め声なく君は眠るも

天命にゆだぬといへり天いまだ迷ひてあらば今ひとたびの

「後前《あとさき》の有りや」と詠める「や」の一字彼岸此岸のきりぎし八月《はつき》

深々と眠れる君に八月は必ず越えむと語りつづけぬ

「阿那律」の眠りにあらば醒めよとて叱りたまへ釈迦牟尼南無三

釈迦十大弟子の一人

風ふくいつも

言はざりし言へざりし君を思ひをりわがことのみに関はりし日々

折れさうなと危ぶみにつつ摩《さす》りゐる子の手にゆだぬる夫の半眼

子の声にふつと甦《かへ》りて息を吐く三度目にしてあぎと落とせり

息止めし半眼息子《こ》の手に閉《と》ぢられて終焉の寂《じやく》面を畏む

八十八年生きて六十三年共に在りしよ　鎖骨の辺り風ふくいつも

午前四時望月のした新聞を配る人あり　生きてゐる人

銀杏並木

黄ばみ初むる銀杏並木にひるがへるマントは君か近衛寮あたり

学生寮

百萬遍　進々堂とただ歩き話し飽かざりしこの道をゆく

君在らず「死ねば物ぞ」といひし君手にのせる骨まことに白し

全き白しかと手脚を伸ばしたる骨骼一体われを叱咤す

六十三年共に在りたる歳月の濁らざる白ふとき背骨

こゑのせず姿みえずも眼裏に白冴え冴えと終《つひ》の一体

君在らず音も形も在らぬことたしかめるため今日も醒むるや

ふたひら

あしうらをふたひらといふ八十八年地を踏み立ちしふたひら拭ふ

かたへおく「波紋音《はもん》」たたけば積まれたる書籍もチェロも身じろぐごとし

「波紋音《はもん》」齋藤鉄平作創作楽器

半球の鉄の切込み響かせて「波紋音」にさぐる亡き夫のこゑ

上弦の月しまひたる愛宕山夜明けの闇にはや霧を吐く

ひろびろと諸枝かかげて槻並木蒼穹支ふ二月《にんぐわつ》のこゑ

駈けぬける哀しさといふモーツァルトのモルトアレグロわが体奔《はし》る

眠れざるわれに聴かすと隣室ゆバッハ組曲低く伝へ来

風のボックス

覚まさるるはた覚めて待つ蟬の声互みに言ひつつ　珈琲豆《まめ》ひきし朝

後藤倭文氏逝去

辻まはしゆるりと運ぶを飽きもせず共に観し友六月に死す

辻は御池新町角

墓石のいろ意識して選びゐる花と気づけり夫石となる

お勉強お好きなおひとと言はれゐし鋭き鉛筆に書きこみのあと

何もかも机上そのまま　折々に手触れ夫の所作思ひ出す

大槌町高台に立つ電話ボックス「風の電話」に受話器持つ人

風ときて風と去るとも語りかけ泣く人のある「風のボックス」

水欲しといふもむせたる胸板の切なかりしよ息子のさすりゐつ

日盛りをカートひきつつ歩む道はや落ち蟬の二つを避ける

衣笠山

学舎ぬけ傾り明るき墓原に衣笠山の緑鳴る音

若きらの声たつところ地に還すひと生《よ》の骨の濁りなき白

墓はいらぬと言ひたる人の墓建てぬ針槐《はりゑんじゆ》の白穂香れるを背に

針槐甘酸く匂ふやうやくに泰《やす》らふ君か骨を納める

若きらの声も姿も近々と明るき地に堆《つ》む君がケルンを

葛　湯

たゆたへる春の日ざしを一心にとらへ白木蓮《はくれん》の苞のふくらむ

菅浦の波静かなり湖岸《うみぎし》の八重の桜枝《はなえ》のまだ重からず

湖に桜枝《はなえ》せり出す八重桜水底に深く花裏うつす

はからずも十日過ごせる病室に辞書紙鉛筆わが位置となる

看護師の若き動きの朝々に湧く思ひあり　はるかなるもの

なにかしらつぶやくやうな音絶えぬ夜更け病室の鈍き明りに

うしなひきまこと消えたるが今し顕ち書架に手伸ばし振り返り笑む

透明の葛湯ひとさじひとさじに胃壁なだめるわたしは生きて

送り火

八月は早《はや》もきたりてこの年は君の忌加ふ　極心の月

送り火に共に手合はしし三日後に死にたり去年のいまだ茫々

東山《ひがし》北山《きた》西山《にし》の火の文字にかこまれて生死おぼろの闇を深める

むのたけじ百一歳の獅子吼《ししく》聴く眉目鼻口活き活き動く

戦争の裏表知るも書けざりし戦時をひと生《よ》の責めとし生き　死す

ジャーナリスト・八月二十一日死す

石　——地福寺——

地福寺《ぢふくじ》は梅の寺とぞ洞《ほら》もてる梅二十本空《くう》に枝張る

太ぶとと寂びて鱗甲の幹うねる梅に添ひ立つ細き石塔

島崎藤村墓　島崎静子墓　いささかの高低あれど相並び立つ

好もしき墓とし夫の書き遺しき二百年の古梅と清廉の石柱《いし》

「争はず力《つと》めず百花の魁《さきがけ》」と寒梅詠みし襄《じやう》梅の季おもふ

―新島襄の詩―

ふり返る寺門の陰に彼岸花ま白き三輪極まりひらく

梅の寺地福寺に咲かむ寒梅を偲べり終《つひ》なる旅の夫をも

秋移ろふ　――蓮華寺――

一人静二人静の立ち枯れし苔も乾けり秋晴れつづく

池の上《うへ》枝展《ひろ》げたる紅葉葉《もみぢば》のいまだしや過ぎしや曖昧のあか

いろ照らぬ紅葉のしたに鈍色の鯉の沈みて動くともなし

くろずめる樹の肌しらみ散らす葉の一葉一葉に彩ふ紋様

散る散らず遅速はゆだね槻並木の冬木に揃ふ師走旬日

音なく闇に

朝な朝な机にゐて仰ぐ愛宕山夫の愛宕山《あたご》をわが神とする

まどろみつつ覚めつつ見つる雲の影音なくゆけりわれはいづくぞ

墓石につもれる雪の嵩おもふ音なく闇に呼ばれゆく片《ひら》

肩に降る雪払ひつつ氷見《ひみ》の海見放けて飽かずかの日の旅に

岡あらばかの岡越えむとはげみたり越え得し岡のいくばくおぼろ

凍天に亀裂はしりて裸枝の欅の木末はやもみなぎる

あとがき

本集『窓』は『原景』に次ぐ第五歌集にあたります。二〇〇八年より二〇一七年三月までの作品から四百八十首収めました。ほぼ制作順です。

この十年の間、大震災、原発事故、豪雨災害、そして憲法改正への動きもみえ、近隣国との関わりにおいても常に緊張感があり、「七十年余の平和」という楽観はゆるされなくなりました。戦時体験者としては一触即発の危機感を時に覚えます。

読み返して改めて八月にこだわる歌の多いことに気づきました。昭和五年に生まれ、翌年満州事変、つづいて日中戦争、第二次世界大戦と、昭和二十年八月十五日終戦まで、非常時のなかで育ちました。特に昭和十六年より二十一年引き揚げまで住んだ台湾での戦時体験は、私の人生観の基礎となっています。

私生活の上では、六十三年共に暮らした夫を二〇一五年八月に失いました。二年が経ちましたが、その衝撃と哀しみからまだ抜け出すことができないでいます。

影二つ先立て歩む冬の日の穏しき道なり　いつまでふたり

と第四歌集の末尾に詠みましたが。

夫は、不断より願い、努めていた美意識を全うして静かな眠りの中で発ちました。畏敬と感謝の思いは尽きません。

表題『窓』はふと口をついて出て、これしかないと思ってしまいました。八十年余をふりかえると、窓外を景が過ぎるように淡々と思い返されます。景にともなうこもごもの感情が消えて同じ濃さに表れ消えてゆく。その時の激しい感情はいつしか今の命に肉化しているのでしょう。歌を読み返しつつ、かすかに甦ってくるその時の「いのちのこゑ」それは、私の人生の通奏低音なのでしょう。

私の十年間の全作品をいつの間にかパソコンに入力して打ち出し、「ご自分のこともしてください」と届けてくださった畑谷隆子さん。この思いがけないお力を頂いてこそ今回の出版の運びとなりました。感謝いたします。

装画の題も『窓』。前歌集『葉脈』『原景』と同じく麻田浩氏のドローイング。麻田夫人と共に氏の絵の中から選ばせていただきました。絵にこめられている渾身の念いというか希みにまことに励まされています。感謝です。

『葉脈』『原景』につづいてこの度も短歌研究社編集部堀山和子様、菊池洋美様にお世話になりました。

心より御礼申しあげます。

二〇一七年九月十三日

神谷佳子

歌　集

1977年11月	『萌』新鋭七人集（短歌公論社）刊行
1983年８月	第一歌集『游影』（短歌公論社）刊行
1991年６月	第二歌集『森の音』（短歌公論社）刊行
2000年５月	第三歌集『葉脈』（短歌研究社）刊行
2000年10月	日独対訳歌集 “Licht und Schatten”（『光と影』） Heiderhoff-Verlag（ハイダーホフ出版社 ドイツ）刊行 訳者：Kimiko Nakayama-Ziegler：Eva Moeller
2006年１月	日英対訳歌集『空』（美研インターナショナル）刊行
2009年６月	第四歌集『原景』（短歌研究社）刊行

省　検
略　印

好日叢書第二八八篇

平成二十九年十月十二日　印刷発行

歌集　窓《まど》

定価　本体二七〇〇円（税別）

著　者　神《かみ》谷《たに》佳《よし》子《こ》
郵便番号六〇四―八四四三
京都府京都市中京区西ノ京島ノ内町
二一―八一〇

発行者　國兼秀二

発行所　短歌研究社
郵便番号一一二―〇〇一三
東京都文京区音羽一―一七―一四　音羽ＹＫビル
電話〇三（三九四四）四八二二・四八三三
振替〇〇一九〇―九―二四三七五番

印刷者　研文社
製本者　牧製本

ISBN 978-4-86272-550-9　C0092　¥2700E